LES ÉTOILES DE

BAIE-DES-COUCOUS

La grande finale

La grande finale

Helaine Becker

Illustrations de
Sampar

Texte français de
Claude Cossette

Éditions Scholastic

Catalogage avant publication de Bibliothèque et Archives Canada

Becker, Helaine, 1961-
[Final faceoff. Français]

La grande finale / Helaine Becker ; illustrations de Sampar ; texte
français de Claude Cossette.

(Les Étoiles de Baie-des-Coucous ; 7)
Traduction de: Final faceoff.

ISBN 978-0-545-99010-3

I. Cossette, Claude II. Sampar III. Titre. IV. Collection.

PS8553.E295532F4614 2008   jC813'.6   C2008-901876-1

Édition publiée par les Éditions Scholastic, 604, rue King Ouest,
Toronto (Ontario) M5V 1E1 CANADA.

6 5 4 3 2 1   Imprimé au Canada   08 09 10 11 12

Table des matières

Chapitre
1

Félix Michaud retire ses gants de hockey et les lance sur le banc du vestiaire. Il commence à délacer ses patins tandis qu'à côté de lui, Raphaël, son meilleur ami, desserre son casque.

— C'était super! lance Raphaël en essuyant la sueur sur son front. Il me semble qu'il y a des siècles que nous n'avions pas joué une partie comme ça. Une partie normale sans indésirables qui viennent tout gâcher.

Félix sourit. Son ami a tout à fait
raison. Ça faisait des siècles. Les derniers
mois, ils les ont passés à se mesurer à de
mystérieux personnages en visite à Baie-
des-Coucous. Une année dingue. La cause
de tous ces problèmes? Une pièce de
monnaie magique en or que Félix a
trouvée à cette même patinoire, il y a de
cela presque un an. Chaque fois que le
garçon a frotté la pièce, des gens
provenant d'autres époques ont surgi!
Il y a eu tour à tour des Vikings, des

chevaliers, des gladiateurs, des pirates et des explorateurs. Et chaque fois, Félix et ses copains se sont trouvés dans le pétrin – ils ont même été mêlés à un duel à mort.

Félix finit de retirer son équipement de hockey. Faisant une pause, il en profite pour sortir la pièce de la poche arrière de son jean. Depuis la fois où un scarabée s'est posé dessus, le garçon la garde toujours sur lui. En frottant ses pattes sur la pièce, l'insecte avait fait resurgir un pharaon poussiéreux de l'au-delà.

— Quel est le bilan? demande Raphaël en montrant la pièce du doigt; il sait qu'avant que quelque chose de bizarre se produise, les côtés de la pièce changent toujours.

Félix en examine les deux côtés et pousse un soupir de soulagement :

— Rien n'a changé : il y a une croix égyptienne d'un côté et un sphinx de l'autre, répond-il en replongeant la pièce dans sa poche.

— Parfait, se réjouit Raphaël. Ça m'embêterait royalement que des visiteurs d'un autre temps se pointent en fin de semaine. Lundi, on doit remettre le devoir d'histoire sur les explorateurs célèbres. Je ne l'ai même pas commencé.

— Moi non plus, admet Félix. Sur qui portera le tien?

— Sur sire Francis Drake. Il a fait le tour du monde en bateau au XVIᵉ siècle. Et le tien?

Félix hausse les épaules.

— Tu as une longueur d'avance

sur moi. Je n'ai même pas encore décidé!

Raphaël éclate de rire en donnant une tape dans le dos de son ami.

— Tu finiras par trouver. Tu y arrives toujours. Je m'en vais à la bibliothèque. À plus tard!

— Je te rejoins dans une minute, dit Félix en le saluant de la main.

Après le départ de Raphaël, tout est calme à l'aréna. Félix s'appuie contre le mur et ferme les yeux. Il essaie de réfléchir à son devoir, mais ses pensées retournent sans cesse à la pièce de monnaie. Aussi étrange que cela puisse paraître, il s'était habitué à cette suite d'aventures bizarres dans lesquelles il était entraîné. Toutefois, il ne s'était jamais inquiété comme ça du moment où la prochaine aventure allait lui tomber dessus.

Félix essaie de trouver une position confortable sur le banc dur. Il sent une bosse sous lui. Il change de position, mais la bosse le suit. La chose commence sérieusement à l'irriter.

Mais qu'est-ce que c'est? se demande-t-il.

Il remue les fesses encore un peu pour tenter de trouver une position confortable.

Pas de chance. Il a beau se tortiller dans tous les sens, glisser d'un bout à l'autre du banc, la bosse continue à lui pousser la fesse gauche.

Il promène sa main le long des lattes en bois du banc, espérant sentir sous ses doigts l'objet mystérieux. Il ne trouve rien.

Oh oh, se dit Félix.

Il touche sa poche arrière. En fait, la

bosse n'est rien d'autre que la pièce de monnaie! Et on dirait qu'elle vibre…

Félix la sort avec précaution de sa poche. C'est exactement ce qu'il craignait. Il y a maintenant un grand voilier d'un côté, et de l'autre, une femme avec une collerette et une couronne. Des lettres font le tour de la pièce. Félix tente de prononcer les mots.

— R..E..G..I..N..A ELIZ…A..BETH…

Elizabeth est un nom… dit Félix à voix haute. Mais que veut dire « Regina »? Je n'en ai aucune idée, mais j'ai l'impression que ce n'est pas une bonne chose. Il laisse retomber sa tête contre le mur.

— Évidemment que ce n'est pas une bonne chose! C'est une crise de la plus haute importance! Nous devons agir rapidement! lance une voix à côté de lui.

Félix manque de tomber à la renverse. Encore un visiteur venu d'un autre temps!

Chapitre 2

Une très grande dame à la chevelure rousse vient d'apparaître, comme par magie. Elle est vêtue d'une robe démodée garnie d'une collerette plissée. Une énorme couronne ornée de pierres précieuses trône sur sa tête.

— Et pour information, jeune homme, « Regina » veut dire « reine » en latin. Comme dans « M-o-i, la reine Elizabeth d'Angleterre », lâche la dame rouquine en pinçant le nez d'un air arrogant.

Félix sent le désespoir l'envahir. Exactement ce dont il avait besoin : une autre monarque remplie d'arrogance! Et s'il s'agit bien de la reine Elizabeth, il n'a pas affaire à une reine « ordinaire » – elle a été la plus grande souveraine du XVIe siècle!

La reine Elizabeth donne de petits coups impatients dans sa main avec une paire de gants blancs.

— Savez-vous où se trouve cet insupportable sire Francis Drake? Nous avons grandement besoin de lui.

— Euh, je suis désolé Votre Majesté, répond Félix, mais je ne crois pas qu'il soit dans les parages.

— Ridicule. Il ne peut être bien loin. Hâtez-vous! En ce moment même, l'armada espagnole est en train de se rassembler au large de la côte britannique.

— Peut-être, bredouille Félix, mais pas sur cette côte-ci. Voyez-vous, nous ne sommes pas en Angleterre ici, mais à Baie-des-Coucous. Au large de notre côte il n'y a que des icebergs et quelques turluttes à morue.

— Ne soyez pas insolent! s'écrie la reine. N'ai-je pas vu de mes propres yeux des bateaux espagnols? Ils sont au moins quarante, prêts à envahir nos rives et à mettre fin à notre plus illustre règne!

Félix soupire.

— Faudrait aller jeter un coup d'œil, dit-il. Venez.

La reine sur les talons, Félix se dirige vers une colline avoisinante. Lorsqu'il a atteint le sommet, il attend poliment que la reine gravisse tant bien que mal le sentier. Les yeux rivés sur le visage de la souveraine, Félix lui désigne le port.

Un coup d'œil suffira pour que la reine Elizabeth se rende compte qu'elle n'est plus dans sa bonne vieille Angleterre.

— Vous voyez? fait Félix. *Nada* – pas d'armada.

La reine Elizabeth lui jette un regard entendu.

— Alors, comment appelleriez-vous ces bateaux arborant le drapeau espagnol? Du *plum-pudding*?

Félix tourne la tête. À sa grande

surprise, le port est rempli de bateaux. Et
tous pointent leurs canons en direction
de Baie-des-Coucous!

Chapitre 3

Félix aperçoit un nuage de fumée. L'instant d'après, il entend un sifflement aigu, suivi d'un grand fracas. Un bateau a ouvert le feu sur le Parc du Moyen Âge!

— Les chevaliers anglais! Il faut qu'on les aide! hurle Félix.

Il pense à sire Norbert de Roberval et sire Hugues, les frères qui ont voyagé dans le temps jusqu'à Baie-des-Coucous il y a quelques mois. Ce sont eux à présent qui gèrent le parc d'attractions.

Le ciel est plein de fumée et gronde de partout. Des boulets de canon pleuvent autour de Félix et de la reine qui ont pris leurs jambes à leur cou.

— Sauve qui peut! crie Félix.

Il attrape la reine par le poignet tout en plongeant pour se mettre à l'abri.

— On l'a échappé belle! lance Félix.

— Pfft, fait la reine, lorsque nous aurons trouvé Drake, nous détruirons ces lanceurs de petits pois espagnols en moins de rien.

— Yo! Félix!

C'est Raphaël! Tout en se protégeant la tête avec son sac à dos, il court d'une charrette à l'autre.

Il parvient finalement à traverser la place. Haletant, il se jette par terre à côté de Félix.

— Laisse-moi deviner, dit-il. Tu as frotté la pièce.

— Non, c'est faux! proteste Félix.

C'est alors qu'il se rappelle la bosse qui l'agaçait sur le banc et comment il remuait alors que la pièce était dans sa poche arrière… Il rougit.

— Euh… je l'ai peut-être frottée par accident, se doit-il d'admettre. Mais ça n'a pas d'importance maintenant. Tout ce qui compte, c'est que la dame derrière moi est la reine Elizabeth d'Angleterre, du temps jadis, et que ces bateaux sont sur le point de réduire Baie-des-Coucous en *pomme-pouding*... ou quelque chose comme ça.

— Si la reine a l'intention de se constituer une armée pour les en empêcher, elle vient de trouver ses premières recrues, observe Raphaël en faisant signe à Félix de regarder derrière lui.

Sire Norbert de Roberval et sire Hugues sont agenouillés aux pieds de la reine. Ils sont couverts de suie et on jurerait que leurs oreilles fument tant elles sont roussies.

— Ma Suzeraine, est en train de déclarer sire Roberval, nous sommes à votre service.

— Et nous allons aussi nous battre pour vous! ajoute sire Hugues.

Félix se tourne vers Raphaël :

— Vite, parle-moi de sire Francis Drake. La reine le cherche.

— Heureusement que je suis allé à la bibliothèque, j'ai emprunté un livre sur lui, déclare son ami tout en sortant l'ouvrage de son sac à dos et en l'ouvrant à la page qu'il a marquée avec un signet. Il est écrit, poursuit-il, que Drake était un corsaire, une sorte de pirate. Il attaquait les bateaux espagnols et rapportait le butin en Angleterre. Il était aussi vice-amiral de… super! la marine de notre chère reine Elizabeth!

— Est-ce qu'il avait une barbe blonde en broussaille? demande Félix.

— Ouais, réplique Raphaël.

— Et le visage rouge comme un jujube?

— Le livre dit qu'il avait le teint rougeaud, alors j'imagine que oui.

— Et il aimait les jeux de boules sur gazon, comme le boulingrin? ajoute Félix.

— Le boulingrin? C'est une blague?

— Constate par toi-même, répond Félix. Là-bas.

En effet, un homme à la barbichette en pointe, aux joues roses et en pantalon rayé rouge se trouve sur la pelouse, devant la scène Festival. Il se prépare à projeter une boule difforme en bois vers une autre, plus petite et blanche :

— Attention à tes orteils, Frobey!
crie-t-il. Cette fois-ci, ce sera en plein dans
le mille!

Raphaël hoche la tête en soupirant.

— L'autre gars doit être Martin
Frobisher, qui est aussi corsaire et
commandant des forces navales. Regarde
sa photo, dit-il en plaçant le livre sous le
nez de Félix.

— Allons voir si tu as raison, Raphaël, propose Félix qui se met aussitôt à ramper en direction de la reine.

— C'est bien vous qui cherchiez désespérément sire Francis Drake? lui demande-t-il. N'est-ce pas lui, là-bas, avec Martin Frobisher?

Tandis que la reine Elizabeth observe la scène, on dirait que de la fumée commence à lui sortir des oreilles.

— Espèce d'andouilles irresponsables! marmonne-t-elle entre ses dents.

La souveraine traverse la place à grandes enjambées et attrape sire Francis Drake par l'oreille. Félix n'entend pas ce qu'elle dit, mais il voit son doigt qui s'agite frénétiquement sous le nez du commandant.

Les amis de Félix, Audrey, Laurie et Simon arrivent en courant.

— Que se passe-t-il? demande Laurie, les yeux baignés de larmes.

— Tu vois cette dame avec une couronne? répond Félix. C'est la reine Elizabeth I – la grande souveraine du XVIe siècle. Et voici ses commandants chouchous : sire Francis Drake et Martin Frobisher. Et les bateaux qui nous torpillent? C'est l'armada espagnole – « armada » signifie armée. À l'époque où la rouquine était reine, l'Espagne et l'Angleterre ne s'entendaient pas. Il y a eu une très grande guerre. Et on dirait qu'elle est sur le point de se reproduire, ici même à Baie-des-Coucous!

— Une guerre? fait Laurie d'une voix étranglée.

Un autre boulet de canon s'écrase avec fracas. Simon devient blanc comme un drap.

— Aucun doute là-dessus, constate-t-il.

— Il faut la faire cesser! s'écrie Audrey.

— Ça ne sera pas facile, prévient Raphaël. On dirait que les chevaliers ont déjà enrôlé les pirates pour défendre l'Angleterre. Ils ont aussi engagé Jean Cabot et ses hommes. Vous avez vu?

L'explorateur italien et ses hommes sont venus du passé un peu plus tôt cette année et ont décidé de s'installer à Baie-des-Coucous.

Simon grimace en voyant un autre boulet de canon s'abattre sur la boutique de souvenirs Perceval.

— C'était un peu trop près à mon goût.

La reine Elizabeth arrive alors à grandes enjambées, Drake et Frobisher à sa suite.

— C'est le moment d'agir. Mon royaume est en péril! lance-t-elle. Rassemblement!

Les marins et les pirates s'attroupent autour de la reine.

— Drake, tu es le commandant le plus haut gradé ici. Que proposes-tu?

— Je ne comprends pas pourquoi tu t'énerves tant, Zaza, se lamente sire

Francis. Nous avions tout le temps qu'il nous fallait pour finir notre partie de boulingrin *et* battre les Espagnols.

La reine roule les yeux.

— Allez, que proposes-tu? répète- t-elle.

— Frobey et moi pensons que nous pouvons les arrêter, soutient sire Francis. Si nous réussissons à trouver quelques bateaux, nous allons faire couler à pic la flotte de Philippe.

— On est des pirates, après tout! lance Barbe Noire-et- Bleue avec un regard sombre. Évidemment qu'on peut trouver des bateaux.

— Non. Vous ne pouvez pas, laisse tomber Raphaël d'un ton sec.

Barbe Noire-et-Bleue se hérisse.

— Toi, attends que…

Félix l'arrête en posant une main sur son bras.

— Plus maintenant. Tu as oublié? Vous êtes au XXIe siècle à Baie-des-Coucous, pas dans votre temps. Il ne peut pas y avoir de combat naval ici. Nous n'agissons plus de la sorte au Canada. Vous devez respecter les règles de Baie-des-Coucous maintenant.

— Alors que proposes-tu, petit? demande sire Francis à Félix tout en sortant un canif avec lequel il commence à se récurer les ongles.

— Je propose d'expliquer la même chose aux Espagnols, répond Félix.

Chapitre
4

Au milieu de la baie, l'eau devient plus agitée. Des gémissements sortent du casque de sire Norbert.

— Ne me dis pas qu'un valeureux guerrier comme toi a le mal de mer, dit Félix en retenant un rire.

Sire Norbert grogne.

— T'en fais pas, voilà le vaisseau espagnol. Nous serons à bord dans un instant.

Félix lance un « Eh oh! » aux marins sur le bateau, qui lui jettent une échelle de corde. Le garçon grimpe à bord.

Aussitôt que Félix arrive sur le pont, un grand Espagnol tenant un petit chien blanc au creux de son bras vient à sa rencontre.

— Je suis le duc de Medina Sedonia, chef de l'armada espagnole. Quelle est ta mission?

Tout en parlant, le duc, qui a soudain le teint plutôt verdâtre, presse un mouchoir sur ses lèvres. Félix se lance dans une explication, maintes fois répétée, sur la pièce magique. Il désigne un iceberg au large, vers le nord-est, et puis, Baie-des-Coucous.

— Alors, vous voyez bien, conclut Félix, que vous êtes à Terre-Neuve, au Canada. Vous n'avez aucune raison de vous livrer bataille.

Le duc se retourne pour regarder mais se met immédiatement à vaciller. Il presse le mouchoir encore plus fort sur ses lèvres. Félix plisse les yeux. Le duc souffrirait-il du mal de mer, tout comme sire Norbert de Roberval?

Il lui vient une idée.

— J'ai une proposition, Monsieur le duc, commence Félix. Venez à terre et constatez par vous-même. Si ensuite vous croyez toujours être en Angleterre, retournez à votre bateau et nous nous battrons. Par contre, si vous croyez être au Canada, nous trouverons une meilleure façon de régler les problèmes entre vous et la reine Elizabeth. Une façon *canadienne!*

Le duc lève les yeux en direction du rivage. Son regard est quelque peu désespéré.

Une autre lame vient soulever le bateau.

— Vous allez me laisser mettre pied à terre sans me faire prisonnier? demande le duc d'une petite voix.

— Ouais, réplique Félix.

Tout à coup, un bataillon de soldats espagnols armés encercle Félix et le duc.

— Peut-être *lui*, mais pas *nous*, interrompt un petit marin svelte qui a le visage recouvert d'un foulard noir.

— C'est exact, lance une deuxième voix, à côté de Félix cette fois-ci.

Félix reconnaît la voix. Mais non... ce n'est pas possible...

D'un geste vif, il tire sur le foulard qui dissimule le visage du marin. C'est Sébastien Tremblay, un des anciens acolytes de Simon, de l'école de Baie-Trinité, l'équipe de hockey rivale! Et l'autre est Éric Giguère, un autre comparse de Simon : des tyrans.

— Eh, Michaud, raille Sébastien. Quel bon vent t'amène ici?

— Et vous, qu'est-ce que vous faites ici? bredouille Félix.

— Quand Simon et toi êtes devenus

copains copains, on a commencé à nous ennuyer sérieusement. Puis, le duc est arrivé avec son beau cuirassé. Et il s'est trouvé que quelques marins voulaient un capitaine qui ne vomissait pas toutes les cinq secondes.

— Alors, Sébastien a dirigé la mutinerie, intervient Éric. Maintenant, c'est Sébastien le capitaine.

— Oui, c'est vrai, pleurniche le duc. Qu'est-ce que le roi d'Espagne va faire de moi quand il apprendra que je les ai laissés s'emparer du bateau? ajoute-t-il en serrant son petit chien encore plus fort.

Félix plisse les yeux en regardant Sébastien et Éric.

— C'est donc vous qui avez fait feu sur Baie-des-Coucous?

— Exactement, Michaud. On s'est amusés comme des petits fous à

bombarder Baie-des-Coucous, rétorque
Sébastien. J'ai hâte de démolir ce qui
reste de vos attractions, mes pauvres
Étoiles. Ça va vous briser le cœur quand
on va écrabouiller votre aréna adoré, non?

Sébastien éclate d'un rire lugubre.

— Nous allons voir qui sont vraiment
les meilleurs, ceux de Baie-des-Coucous
ou ceux de Baie-Trinité.

— Tirer sur des gens sans défense n'est
pas de bonne guerre, déclare Félix qui
réfléchit à toute allure. Vous n'allez rien
prouver de cette façon-là, seulement que
vous êtes des lâches. Mais ça, on le savait
déjà.

Félix se tourne vers le duc :

— Partons, Monsieur le duc. Vous vous
sentirez mieux sur la terre ferme. J'en ai
fini avec ces deux répugnants
personnages.

— *Muy bien*, convient le duc. Tout ce que je veux, c'est quitter cette coquille de noix. *Adios, amigos!*

— Où allez-vous comme ça? lance Sébastien d'une voix perçante. Vous ne pouvez pas partir! Je n'ai pas dit mon dernier mot!

— C'est ça, grogne Félix en posant un pied sur l'échelle de corde. Tu es un tyran, Sébastien, et tout le monde sait que les tyrans ne sont au fond que des lâches.

Félix descend l'échelle.

— Ah oui? lui lance Sébastien d'en haut. Tu as deux choix : rester et te battre ou laisser mes soldats espagnols réduire Baie-des-Coucous en miettes.

— J'ai une meilleure idée, annonce Félix. Demain midi. À la patinoire de hockey de Baie-des-Coucous. Tes marins espagnols contre les Anglais et leurs alliés. On va régler cette guerre une bonne fois pour toutes.

Chapitre
5

Enfin en sécurité sur la terre ferme, le duc se jette aux pieds de Félix et embrasse le sol. Son petit chien l'imite.

Puis le duc se relève, ajuste sa veste et se racle la gorge.

— Veuillez me pardonner, dit-il, je suis un soldat et non un marin. Je n'étais jamais monté à bord d'un bateau avant que le roi Philippe me fasse capitaine.

J'ai essayé de m'opposer à cette idée, mais on ne s'oppose pas au roi d'Espagne! J'ai beaucoup souffert au cours de ce voyage. Mon pauvre petit chien aussi. *Rrh…* quand que pense que je dois retourner en Espagne pour faire mon rapport au roi!

— Ce ne sera pas possible si nous n'arrêtons pas Sébastien, fait remarquer Félix.

On jurerait que le duc va éclater en sanglots.

— Ne vous en faites pas, Monsieur le duc. Je parie que la reine Elizabeth va nous aider.

Le duc recule, l'air horrifié :

— La reine d'Angleterre? Elle est ici? Maintenant?

— Ouais. Et elle est folle de rage. On dirait que votre roi Philippe et elle ne s'entendent pas très bien.

— Personne ne s'entend avec le roi Philippe, fait remarquer le duc. Il est très têtu.

— Est-ce qu'ils ne le sont pas tous? demande Félix. Mais la reine Elizabeth, au moins, est très intelligente. Entre-temps, je dois aller entraîner une équipe de hockey avant demain. Pas de temps à perdre!

Lorsqu'ils arrivent au Parc du Moyen Âge, le duc a surmonté son mal de mer. Il entre d'un pas décidé dans le grand hall du château.

— Le duc de Medina Sedonia, ancien représentant du roi Philippe d'Espagne! annonce Félix.

La reine écoute attentivement Félix expliquer ce qui s'est passé à bord du navire espagnol.

— Ainsi, en prenant pour prétexte ce jeu que tu appelles hockey, nous avons réussi une première étape : tes petits amis vont évacuer leur bateau… ensuite, nous prendrons les marins en otages et nous saisirons les bateaux. Ton plan est excellent, Félix! se réjouit la reine en tapant dans ses mains.

— Mmmais Votre Majesté, bafouille Félix, la partie n'est pas un prétexte! Et vous ne pouvez pas prendre les marins en otages – ce ne serait pas bien. Nous jouons franc jeu à Baie-des-Coucous. Le but est d'écraser les Espagnols au hockey. Vous allez défaire l'armada du roi Philippe en toute légitimité. Si l'équipe des Anglais gagne, nous aurons battu les tyrans de Baie-des-Coucous une fois pour toutes!

Un éclair d'admiration traverse le visage de la reine.

— Tu as du cœur mon jeune Félix, reconnaît-elle. Alors, vas-y. Prépare-toi pour ta bataille de hockey.

Chapitre
6

Sébastien et Éric entrent dans l'aréna en se pavanant. Les marins espagnols traînent derrière eux, regardant tout autour avec émerveillement.

Les Britanniques sont sur le point d'entrer sur la patinoire pour s'échauffer.

— J'ai une idée! murmure sire Francis au moment où les Espagnols arrivent. Pendant que tout le monde est à l'aréna, je pourrais me rendre au port et mettre le feu à tous leurs bateaux.

Frobisher tape dans la main de sire Francis.

— Excellent plan, bravo! Ça a marché comme sur des roulettes à Cadiz.

Ravi, le capitaine Barbe Noire-et-Bleue se frotte les mains. Un bon coup de coude de Félix vient cependant refroidir son enthousiasme.

— *Rha!* c'était un plan digne des meilleurs pirates, camarade, soupire Barbe Noire-et-Bleue, l'air triste. Mais même des pirates comme nous jouons de façon honnête au Canada.

— Pas grave, on va les écraser de toute façon, lance Frobisher. Regarde-les patiner.

Il finit de lacer ses patins, puis entre sur la patinoire.

— Je patinais souvent sur la Tamise quand elle gelait l'hiver, déclare-t-il. Je me suis aussi beaucoup entraîné lors de mon premier voyage au Labrador, poursuit-il en exécutant un magnifique virage en trois. Et toi, Francis? fait-il en ricanant. Sais-tu patiner?

Il freine brusquement, comme un joueur de hockey, devant sire Francis qui en prend plein le visage.

Sire Francis s'engage sur la glace en vacillant.

— Impossible de naviguer sur les sept

mers si tu n'as pas
d'équilibre, lâche-t-il tout
en s'élançant sur son pied
droit pour s'incliner en
une parfaite spirale. Voilà!

— Il ne nous reste plus
qu'à admirer nos amiraux,
laisse tomber la reine Elizabeth en faisant
un clin d'œil à Félix. Que la partie
commence!

***

Les Anglais prennent tout d'abord le
contrôle de la rondelle. Barbe Noire-et-
Bleue s'en empare et la passe à Frobisher.
Frobisher à Drake. Drake soulève son
bâton pour faire un lancer frappé, mais
un marin espagnol intercepte la rondelle.
L'Espagnol exécute toute une montée en
maniant la rondelle avec dextérité. Il
lance et compte!

Dans les gradins, les Étoiles observent la scène, incrédules. Les Espagnols semblent avoir toutes les chances de leur côté. Et ils jouent aussi comme de vrais pros – les passes sont rapides et le jeu est offensif.

Simon plisse les yeux d'un air méfiant.

— Est-ce possible que ce soit les mêmes gars que nous avons vus tomber et glisser sur la glace comme une bande de phoques pendant l'échauffement? Ils sont devenus très bons, très vite.

— Tu parles! approuve Félix. Comment Sébastien a-t-il pu leur apprendre à jouer comme ça aussi rapidement?

Les joueurs se passent la rondelle à un rythme effréné. L'équipe espagnole accumule les buts. Les Anglais, par contre, ne peuvent tout simplement pas marquer.

Ils ratent tout le temps leur chance.

Félix grogne lorsque la sirène annonce la fin de la deuxième période. Les

Espagnols mènent 7 à 0!

Dans le vestiaire, la reine Elizabeth marche de long en large en faisant tourbillonner ses jupes comme un ouragan. Elle fulmine.

Drake et Frobisher se blâment mutuellement, s'accusant l'un l'autre de la déconfiture. Le capitaine Barbe Noire-et-Bleue, quant à lui, a un air abattu de chiot et tord son chandail dans ses mains. Cabot éclate en sanglots.

— Arrête de pleurer comme une madeleine, dit la reine d'un ton sec. Vous, Drake! Frobisher! Quelle disgrâce! Vous laissez ces Espagnols nous couvrir de ridicule! Si vous ne remportez pas cette partie, nous allons perdre la guerre. L'Angleterre – et le Canada – appartiendront à l'Espagne!

— Oh non, pas question! l'interrompt

Félix qui bondit sur ses pieds, le cœur battant à tout rompre. Nous sommes canadiens et vous êtes aussi notre reine!

— En plus, Sébastien triche! Je le sais, ajoute Simon.

— Que veux-tu dire, Simon? demande Laurie.

— Impossible que ces marins soient devenus si bons aussi vite. Il n'y a qu'une explication : Sébastien a remplacé quelques marins par de vrais joueurs des Maraudeurs – l'équipe de hockey de Baie-

Trinité. On ne peut pas voir les visages
sous les casques, mais je peux deviner de
quels joueurs il s'agit, à leur manière de
patiner.

— Il faut faire quelque chose! On ne
peut pas laisser Sébastien nous battre en
trichant! soutient Audrey en se tordant les
mains. Allez, on fonce et on leur montre
que c'est Baie-des-Coucous qui mène sur
la glace!

— Ouais! s'écrie Raphaël en agitant
son poing en l'air.

— Habillez-vous!
mugit Laurie. La
troisième période
commence dans moins
de quinze minutes!

— Allons-y! lance
Félix en sautant sur ses
patins. Go Étoiles go!

La reine pose une main autoritaire sur l'épaule de Félix.

— Sur la glace, déclare-t-elle sur un ton solennel, mon lieutenant-général Félix Michaud sera votre chef! Sachez qu'aucune reine n'a jamais eu à ses ordres plus noble sujet!

Les Étoiles de Baie-des-Coucous se mettent à crier et à siffler en guise d'approbation.

Chapitre
7

Les Étoiles font leur entrée sur la patinoire. Même Simon se joint à eux. Félix, Laurie et Audrey sont les attaquants.

Laurie et Félix échangent un regard déterminé. Ils doivent marquer au moins huit buts – en seulement une période! Ils n'ont jamais eu un tel défi à relever.

Devant le but, Raphaël donne un coup de bâton sur la glace. Bientôt, tous les joueurs de l'équipe des Étoiles frappent en cadence avec leur bâton. Le rythme envoûtant semble dire : Go Étoiles go! Go Étoiles go! Le cri de ralliement des Étoiles – le cri du huard à collier – s'élève des quatre coins des gradins, tel un mur sonore électrisant.

La rondelle touche la glace.

Laurie fait une passe à Simon. Simon monte jusqu'à la ligne bleue puis

retourne la rondelle à Laurie. Elle pivote pour l'envoyer en direction de Félix, dans le coin droit. Simon s'est frayé un chemin jusqu'à la zone de but. Félix lui fait une passe. D'un coup de poignet, Simon lance la rondelle dans le haut du filet. Il compte!

De nouveau, Laurie fait face à Sébastien pour la mise au jeu. Cette fois-ci, Sébastien s'empare de la rondelle, mais Félix surgit soudainement et la lui enlève. Il patine de toutes ses forces vers le filet des Espagnols – c'est une échappée!

Le gardien n'a aucune chance. Félix le déjoue et marque un autre but pour les Étoiles.

Inlassable, l'équipe de Baie-des-Coucous fait son maximum et parvient à remonter la pente : 7-2, 7-3, 7-4, 7-5…! Aucune partie depuis le match Canada-Russie n'a été aussi intense.

Alors qu'il ne reste que quatre minutes de jeu, Félix s'empare de la rondelle. Il pivote pour faire une passe mais se retrouve tout à coup les quatre fers en l'air. Les Espagnols l'ont fait trébucher!

— Pas facile de patiner avec un tibia cassé, hein Félix? se moque Sébastien.

Félix bout de colère. Lorsque la partie reprend, il patine avec fougue et projette la rondelle dans le filet. Un autre but!

— Ça c'était traître, Sébastien, lâche Laurie qui patine vers le centre de la glace.

— Les Maraudeurs n'abandonnent pas facilement, réplique-t-il.

L'arbitre laisse tomber la rondelle. Sébastien la dispute à Laurie, qui lui administre un coup de bâton.

Coup de sifflet. Pénalité pour les Étoiles!

Il reste moins d'une minute à jouer, et les Étoiles tirent de l'arrière par un point et sont en désavantage numérique.

— Donnez tout ce que vous pouvez, lance Laurie du banc des pénalités pour encourager son équipe.

Au coup de sifflet, Félix parvient à
enlever la rondelle à Sébastien. Il monte
jusqu'à l'arrière du filet, fait une passe à
Simon qui tente de marquer. Raté! La

rondelle dévie et glisse vers Félix. Il place
son bâton par terre; la rondelle le heurte,
fait un ricochet et s'engouffre dans le
filet! C'est le but!

La sirène annonce la fin de la partie. Le
pointage est égal : 7 à 7. Il y aura tirs de
barrage!

Éric lance en premier. Raphaël fait un
arrêt!

Ensuite, c'est au tour de sire Francis,
qui échoue lamentablement. Le lancer du
premier lieutenant espagnol ne se rend
même pas à la zone de but.

Félix est le suivant. Il prend une
profonde inspiration. Le gardien de but
semble énorme, le filet a l'air minuscule.

S'il marque, les Étoiles vont remporter
la partie. Mais s'il rate…

Félix a la gorge nouée. Il doit évaluer son tir avec précision.

Il s'élance vers le filet, n'entendant que le battement de son cœur. Plus près, encore un peu plus près….

Félix voit une ouverture. Son instinct prend le dessus et il exécute un tir du poignet.

La rondelle s'envole en décrivant une courbe gracieuse par-dessus l'épaule droite du gardien. But! Baie-des-Coucous a remporté la partie!

Chapitre 8

Sire Norbert se précipite sur la patinoire et attrape Sébastien par le bras.

— Plus de triche maintenant, compris?

— Pour toi aussi, c'est fini, gronde sire Hugues en interceptant Éric.

Les chevaliers traînent les deux garçons jusqu'au banc des Étoiles. La reine Elizabeth leur jette un regard froid.

— On abandonne, marmonnent-ils.

— Vous admettez alors que vous êtes deux gamins gâtés et que vous méritez

d'être enfermés dans la tour pour le restant de vos pauvres vies?

— Euh, j'imagine que oui, concède Sébastien.

— Tu peux disposer d'eux à ta guise, Norbert, continue la reine. S'ils ne t'obéissent pas, envoie-les dans la tour.

— J'ai plein de travail pour eux avant de les expédier dans une vieille tour, prévient Norbert. Nettoyer les dégâts qu'ils ont faits au Parc du Moyen Âge.

Venez les gars. Vous allez creuser, peindre et reconstruire le Parc tous les jours après l'école. Vous en avez jusqu'à l'âge de 46 ans.

Tandis que sire Norbert emmène les garçons, Félix entend Éric dire :

— À 46 ans, ça fera longtemps que nous ne serons plus à l'école, hein Sébastien?

— Et maintenant, rappelle la reine, à titre de vainqueur, je veux naturellement retourner à Londres.

— Moi aussi, ajoute sire Francis.

— Moi de même, renchérit Frobisher.

— Félix, renvoie-nous là-bas, ordonne la reine.

Félix sort la pièce de monnaie de sa poche.

— Je ne comprends toujours pas comment cette chose fonctionne, reconnaît-il. Ni même pourquoi j'ai trouvé cette pièce. Je vais tout de même la frotter – ça a toujours marché.

— Il n'y a rien à perdre!

Félix se met à frotter la pièce entre son pouce et son index.

— *Pare!* interrompt le premier lieutenant espagnol d'une voix forte.

Il arrive au pas de course et se met à bafouiller avec affolement en empoignant les mains du duc.

Le duc écoute pendant un instant, hausse les épaules, puis se tourne vers la reine.

— Il dit que les hommes ne désirent pas retourner en Espagne. Il me supplie de vous demander de leur permettre de rester ici. Après tout, ce n'est pas très rigolo en Espagne depuis que l'Inquisition a commencé.

— *Si, si,* confirme le marin.

— Il est aussi désolé d'avoir participé à la mutinerie. Il promet que tous vont suivre mes ordres si j'accepte leurs excuses, rapporte le duc. Et ils ont raison, je n'étais pas un bon chef en mer. Mais je suis excellent sur la terre ferme. S'ils souhaitent rester ici à Baie-des-Coucous, je veux aussi rester. Je n'aurai pas à reprendre le bateau ou à voyager à nouveau dans le temps. Ces deux perspectives me donnent la nausée.

Consterné, Raphaël secoue la tête :

— Mais vous devez partir! Comment allons-nous faire à Baie-des-Coucous avec 40 bateaux de plus et 3000 marins?

— Ne t'inquiète pas, réplique le duc.

Beaucoup de mes hommes étaient des pêcheurs dans leur pays. De bons pêcheurs qui respectent la mer. Ils feront d'honnêtes Terre-neuviens.

— *Si*, fait le premier lieutenant qui ajoute dans un anglais hésitant : tout ce que nous voulons, c'est pêcher et jouer au soccer.

Les yeux de Cabot se mettent à briller.

— Soccer? *Magnifico!* s'écrie-t-il en joignant les mains de bonheur.

Raphaël n'est pas encore convaincu.

— Cette ville grouille déjà de « gens

d'ailleurs », d'étrangers venus de *très*, *très* loin. Combien pouvons-nous en recevoir de plus? s'inquiète-t-il.

Félix hausse les épaules.

— Le Canada a presque toujours accueilli des immigrants. C'est ce qui fait la réputation de notre pays.

— Et ici, tout le monde s'entend bien, lance sire Norbert sur un ton sarcastique à l'intention de Sébastien et d'Éric. C'est une leçon que nous devons tous retenir.

— C'est vrai! s'exclame Félix. Quand ils sont arrivés ici, les pirates étaient des voleurs alors que maintenant ils gèrent de manière pacifique un commerce sportif qui marche bien.

— Et mon frère et moi, nous nous querellions sans cesse jusqu'au jour où nous avons appris à nous entendre, ajoute sire Norbert.

— Je crois que je commence à comprendre, observe Laurie. Les Vikings – rappelez-vous combien ils étaient cruels et violents avant d'arriver ici! Et maintenant, voyez ce qui se passe à Norstead; ils suspendent des jardinières de marguerites au printemps. L'empereur Zéro a aussi beaucoup appris en matière de divertissement. Plus nécessaire d'envoyer qui que ce soit se faire dévorer par les lions pour s'amuser.

— Regardez la pièce de monnaie! s'écrie Raphaël. Elle s'est illuminée!

En effet, pendant que Laurie parlait, la pièce s'est mise à briller dans la main de Félix.

Tout agitée, Audrey intervient :

— C'est ça! Tous ceux qui sont venus à Baie-des-Coucous étaient en conflit. Mais une fois ici, ils ont appris à y mettre fin! Voilà à quoi la pièce devait servir!

La pièce se met à briller avec plus d'intensité.

— Quand Cléopâtre et le pharaon sont arrivés ici, ils étaient comme chien et chat. Mais quand ils sont partis, ils n'arrêtaient pas de s'embrasser! ajoute Félix.

Comme pour faire suite aux propos de Félix, la pièce vibre. On dirait qu'elle prend du volume.

Jean Cabot s'avance, les yeux rivés sur la pièce.

— Dans mon cas ça ne marche pas, dit-il en posant une main sur son cœur. Je suis italien et comme tous les Italiens je suis un amoureux, pas un batailleur.

La pièce brille un peu moins.

— Peut-être bien, réplique Laurie, mais cela ne vous a pas empêché d'essayer d'enlever Baie-des-Coucous aux Beothuks. Vous n'étiez pas en mission amicale à ce que je sache, n'est-ce pas?

Cabot se gratte le menton.

— Je crois que j'ai saisi. Nous devions apprendre à mieux comprendre les autres peuples. Apprendre, comment dire, à respecter les différences culturelles.

La pièce se met à briller de nouveau. Raphaël prend la parole :

— Ainsi la pièce continue de faire venir des gens à Baie-des-Coucous pour qu'ils apprennent à « jouer franc jeu »?

La pièce semble tripler de volume.

— Mais, pourquoi ici? demande Félix. Et pourquoi moi?

— Peut-être parce *nous* aussi devions apprendre à « jouer franc jeu », suggère Laurie.

— Laurie a raison. On ne s'entendait pas vraiment avec tout le monde à l'époque, fait remarquer Raphaël. Surtout toi, Félix. Tu détestais Simon, pas vrai?

Pour toute réponse, Félix laisse échapper un « hum… » en baissant les yeux pour éviter le regard de Simon.

— Mais maintenant nous formons une grande famille heureuse, déclare Cabot en prenant Raphaël et Laurie par les épaules.

Au grand étonnement de Félix, voilà que dans les gradins, les pirates, les explorateurs et les marins espagnols se passent les bras autour des épaules et se balancent de gauche à droite en chantant *Kumbaya.*

— Bon, décide Raphaël. Monsieur le duc, vous pouvez rester. Vos marins aussi.

Félix referme ses doigts sur la pièce. Il sent une douce chaleur dans sa main.

— L'histoire de votre pièce de monnaie a été très éclairante, dit la reine avec une pointe d'ironie. Je vais m'en souvenir pendant tout le reste de mon règne qui, avec un peu de chance, durera longtemps.

— J'en suis sûr, déclare Félix,
maintenant que l'armada n'est plus un
obstacle. Et je suis certain que vous
resterez dans notre mémoire à tous
comme l'une des plus grandes reines de
tous les temps.

— Faites qu'il en soit ainsi, réplique la
reine. Maintenant, crois-tu que cette pièce

lumineuse peut me ramener en Angleterre, dans mon pays adoré?

— Je crois bien, fait Félix d'une voix hésitante.

— Très bien. Avant de partir, je vais te rendre hommage pour ce que tu as fait aujourd'hui. Agenouille-toi, Félix.

Félix s'exécute. La reine Elizabeth lui donne un petit coup sur l'épaule avec un bâton de hockey.

— Par la présente déclaration, je te fais sire Félix, comte de Baie-des-Étoiles.

Félix se relève, frotte la pièce entre ses doigts tandis qu'Elizabeth fait un petit salut royal de la main.

Rien ne se produit.

— Oh, pour l'amour de Dieu, donne-la-moi! ordonne Elizabeth.

Elle tend la main. Aussitôt que le bout de ses doigts effleure la pièce, on entend

un *POP!* La reine, sire Francis Drake et
Martin Frobisher se sont volatilisés!

Chapitre 9

Dans la main de Félix, la pièce a cessé de briller. Elle ressemble maintenant à un simple huard avec le visage de la reine – Elizabeth II – d'un côté et un huard de l'autre.

— Que vas-tu faire de la pièce, Félix? demande Simon. Si notre théorie est bonne, nous n'avons plus besoin d'un morceau de métal pour nous aider à maintenir la paix à Baie-des-Coucous.

— J'ai une idée, annonce Félix. Tout a

commencé quand j'ai trouvé la pièce à la patinoire, non? La pièce devrait retourner d'où elle vient, c'est-à-dire ici – à la patinoire. C'est le cœur de Baie-des-Coucous, après tout.

— Vas-y, l'encourage Simon.

Félix patine jusqu'au centre de la glace où il laisse tomber la pièce.

Pendant un instant, elle tourne sur elle-même comme une rondelle de hockey. Félix sent son corps se tendre aussitôt, prêt pour une mise au jeu. Mais la pièce tombe sur la glace sans rebondir et poursuit sa chute, s'enfonçant sous la surface de la patinoire.

Les yeux rivés sur la glace,

Félix observe la surface se souder à
nouveau. La pièce a disparu. Tout ce que
Félix peut voir est un faible éclat doré,
loin sous la glace, comme appartenant à
un autre monde. C'est comme s'il n'y
avait jamais eu de pièce magique, ni rien
d'extraordinaire à Baie-des-Coucous.